보고 싶은 기억

배정이 제7시집

시음사
시사랑음악사랑

이기적이면서 이타적인 시인 배정이

이기적인 사람과 이타적인 사람, 과연 배정이 시인은 어떤 사람일까 하는 생각을 하게 한다.
자신의 작품을 집필할 때는 이기적이고 발표할 때는 이타적인 시인이다. 유명해지기 위해서 글을 쓰기보다는 자신만의 문학세계에 충실하고 책을 팔아서 금전적인 이득을 보기보다는 문학이 가진 작은 힘으로 한 사람의 독자에게라도 꿈과 희망을 줄 수 있기를 바란다는 배정이 시인이다.

남을 위해 사랑을 베풀 줄 아는 사람이면서 자신에 대해서는 이기적이기에 꾸준히 개인 저서를 6집까지 발표할 수 있는 저력을 가졌을 것이다. 이기적이지만 이타적인 결과를 낳을 수 있는 배정이 시인은 이번 7집에서 자유롭고 희망적인 작품세계를 직관적이면서도 은유적으로 표현했는지 궁금증을 가지고 살펴보는 재미가 있다.

배정이 시인은 현실주의 문학에서 시인이 표현할 수 있는 추상적인 것을 배제하고 일상생활이나 용품에서 또는 자연물에서도 예술적 표현으로 작품을 승화시켜 생명을 주는 시인이다. 새로운 느낌으로 상징적 기능을 유추해 내는 배정이 시인이다. 이번 7집에서는 문학과 미술 그리고 사진 예술을 접목하여 천연색으로 지루하지 않게 엮은 것이 특징이다. 긴 공백을 깨고 새로운 작품을 선보이는 배정이 시인의 달라진 작품집을 만나 볼 수 있어 기쁜 마음이다.

(사)창작문학예술인협의회 이사장 김락호

삶

봄 축제가 이 땅에 열린다.
꽃향기 하나로 굶주린 영혼은 채워간다.

시인 배정이

* 목차

* 목차

삼원색 시간

열린 햇살에 알토란같은 시간을
알뜰히 털어서
빨랫줄에 일렬로 널어봅니다

좀먹어 낡아 헤진 곳에
돌이킬 수 없는 흔적은
신선한 자극으로 탈색되어
내 시선을 붙잡고 맙니다

그 공간 사이 시간이 배제된
원색의 또 다른 나열들이
새로운 감각의 희열로 옵니다

잠깐의 느낌들이
무의식의 하루 속에 섞여 있기에
쫓기다시피 달린 시간들
가만히 시선의 여유를 가져보면
공기와 바람의 마찰이 보입니다.

제1시집 〈삼원색 시간〉

8

여시의 고백

언제나 말이 없는 당신을 보면 난
장난기가 가득한 새끼 여우보다는
꼬리가 아홉 달린 여시이고 싶습니다

당신의 가슴이 살았는지 죽었는지
이따금씩 토해내는 한숨은 왜인지
알면서도 모른 척 새치미 뚝 떼고

단막극에 알랑알랑 애교부리는 난
곰삭히는 정서와 습관을 헤아리는
재치 만점의 백여시이고 싶습니다.

재치 만점의 백여시이고 싶습니다.

제2시집 〈여시의 고백〉

배 터진 연정

당신은 생긋생긋 웃습니다
내가 어디에서 무엇을 하든
시선이 머무는 곳곳에서
나 여기 있지 하고
마법의 스프링 인형처럼
톡톡 튀어 오르며 웃습니다

향기로운 커피를 마시려고 하면
찻잔에서 배시시 웃고 있고
세면대에서 손을 씻으려고 하면
거울에서 까꿍 하고 웃습니다

보리밥에 신선한 산채 나물을
사글사글하게 비벼먹을 때도
너무나 빤히 쳐다보고 있기에
음식 파편이 튈까봐 조심합니다

이제 그만 좀 바라보세요
아무데나 뜬금없이 나타나서
속눈썹 휘날리고
보고 또 보고 자주 보니까
웃다가 배 터져 죽겠습니다.

제3시집 〈배 터진 연정〉

공기의 입맞춤

나는 어릴 때부터
손등에 입맞춤을 받으면 어떤 느낌일까
간지러울까 촉촉할까 짜릿할까
아니면
순수한 느낌에 기분이 좋을까 궁금했습니다

외국 영화에는
붉은 카펫에서 품위 있는 남자가
정중하게 무릎 꿇고 손을 내밀면
금발의 미녀는 하얀 손을 남자의 손 위에 얹습니다
그 순간
남자는 여자의 손등에 살짝 입맞춤을 합니다

나를 사로잡는 붉은 꽃송이의 장면은
내 미래 시간에 꿈이 담긴 그림이 되고
나도 주인공처럼 되기를 구상하고 소원합니다

그런데 손등에 입맞춤을 받은 내 경험은
투명인간이 가시의 크리스털을 던지는 것처럼
내 인생의 대형 유리창에 금이 가고 조각이 납니다

파란 나라의 유리창부터 핑크빛으로 물든 창문은
도미노처럼 산산이 부서지고
부끄럽고 민망하게 피어나는 꽃송이는 풀이됩니다

시간이 흐른 지금은 옛일도 아름다워
가만히 있어도 파릇한 행복이 느껴집니다

아침에 창문을 열면
잡티 하나 없이 투명한 햇살과 공기는
환한 미소로 나와 함께 합니다.
나는 더할 나위 없이 상냥하게 웃는 공기에
두 눈을 지그시 감아 입맞춤을 합니다

마음 깊은 곳까지 정화시켜 주는 공기에는
내가 그토록 원하는 좋은 사람의 냄새가 풍요롭게 있습니다
손등에 입맞춤의 기억보다는
이미 공기의 간지러움과 촉촉함 그리고 짜릿함은
생활을 긍정으로 이끄는 맑은 생명의 행복이 있습니다

사계절마다 색다른 느낌이 배어 나오는
고풍스러운 공기의 매력에 빠지다 보면
내 눈은 봄비에 피어나는 홍매화가 되고
내 코는 녹음이 짙어가는 사랑의 향기가 되고
내 입술은 가을 단풍으로 붉게 물들어 갑니다
그리고 내 귀는
선율이 고운 흰 눈이 자연의 음악으로
세포 하나하나까지 천국을 느끼게 합니다

이처럼 가시의 부스러기 없는 공기는
순간마다 이유 없이
내 심장으로부터 행복한 노래로 들뜨게 합니다

나는 나도 모르게
맑고 투명한 공기가 좋아서
두 눈에 눈물이 흐르고
오늘도 감동한 사랑에 달콤한 입맞춤을 합니다.

오늘도 감동한 사랑에 달콤한 입맞춤을 합니다.

제4시집 〈공기의 입맞춤〉

콩깍지 천국

나는 당신이 까무러치도록 좋습니다
사랑도
슬픔도
자유도
환히 꽃 피우게 해줘서 참으로 고맙습니다

당신이 삶의 중압감에 지쳐 있을 때
당신의 슬픔은 비를 뿌리지 않고
흘러가는 구름 속에 있고
휘파람을 부는 바람 속에 있고
초록 잎에서 붉은 단풍으로 물들어 가는
노을 속에도 있었습니다

내가 바라보고 할 수 있는 것은 오직
공기와
시간과
생활에서
퇴색되어 가는 긴장은 풀고
우리만의 푸른 공간을 만드는 일입니다

다행히 지금 우리의 쉼터에는
사랑의 불이 켜졌다 꺼졌다
청개구리와 카멜레온 같아도
영혼과 영혼이 이어져서
육신과 마음이 치유되는
콩깍지 천국에 함께 있어 행복합니다.

제5시집 〈콩깍지 천국〉

심장 태엽

빛이 드는 곳에 걸어놓은 심장을
부리가 날카로운 독수리 떼가
갈기갈기 찢어놓고 쪼아댑니다

박동한 심장은 태엽이 풀리고
소리 없이 죽어 가는 시간은
서서히 분해되고 점차 멈춥니다

남은 것 없이 폐허되는 가슴에
미세한 바람이 동그란 원을 그리며
멈춰진 심장에 태엽을 감습니다

그리고 생명의 노래를 부릅니다
태어나는 미소는 빛에 걸어두어도
심장은 가슴 안에 두라고 합니다.

제6시집 〈심장 태엽〉

슬픈 늦가을

떨어지는 낙엽을 보고 있으면
지나온 나날이 허무하고

빈 가지를 보고 있으면
허약해진 모습이 슬프다

11월의 앙상한 숫자는
나를 철나게 해서 더욱 슬프다.

숨 쉬는 만큼 그립습니다

내가 당신을 얼마나 보고 싶어 하는지
당신은 짐작조차 못 할 겁니다
내가 당신을 얼마나 그리워하는지
당신은 꿈에도 생각하지 못할 겁니다

간절히 보고 싶음에 견딜 수가 없어
차 한 모금에 체해서 눈물을 쏟고
미쳐가는 그리움의 공간에서
편지지에 붉은 잉크가 스며듭니다

나 혼자만이 눈이 멀어도 좋은 당신이여
나 혼자만이 애가 타도 행복한 당신이여
나는 당신이 숨 쉬는 만큼 그립습니다.

빨간 장미 한 송이

당신에게 부탁했지요
당신의 차 안에서
오붓이 꽃 선물을 받고 싶다고

파랗고 보랏빛 장미도
풍성하고 어여쁜데
빨간 장미 한 송이
단 한 송이만
내 가슴에 안겨달라고 했지요

빨간 장미 한 송이의 꽃말이
왜 이제야 나타났어와
첫눈에 반했다는
매혹적인 말빛이라 부탁했지요

당신 참 멋있는 사람이네요
차 안에 경쾌한 음악으로
백만 송이 꽃을 피우고
나를 환하게 반겨주네요

당신 참 고마운 사람이네요
중년에 꽃 선물이 쉽지 않은데
정열의 장미 한 송이
내 가슴에 향긋하게 안겨주네요.

당신 참 고마운 사람이네요
중년에 꽃 선물이 쉽지 않은데
정열의 장미 한 송이
내 가슴에 향긋하게 안겨주네요.

달걀 프라이도 산삼이다

달걀 프라이
얕잡아볼 것이 아니다

산삼 보듯이
눈여겨보고 있다가

익으면 뒤집고
마무리를 잘해야 한다

불판에 달걀 프라이
쉽게 보고

눈곱을 떼거나
코를 후비는 순간에

모양은 흩어지고
까마귀 그림이 된다

영양 만점인
달걀 프라이

몇 초의 정성이면
백 년 묵은 산삼이 된다.

삐딱선을 즐겁게 탑니다

우리는 맑고 투명한 봄 공기에
마주치는 순간에도
꽃이 피고 향기가 퍼지도록
아름다운 사랑으로 살고 있습니다

그러다 잊을만하면 한 번씩
향기로운 공기에 매서운 칼날이 있어
감쪽같이 마주치는 순간에도
살에는 상처가 생기고
가슴 한편을 아리게 합니다

그럴 때면 만남은 후회가 되고
고독한 존재와
타협하는 방법을 잃어버린 지 오래되어서
깊은 슬픔에 잠기곤 합니다

꽃을 피워서 향기에 취해도 보고
시린 칼날에 정을 떼어 내
고독의 쓰디쓴 눈물을 흘리다 보니
이제는 빛과 어둠을 넘나들면서
삐딱선을 자유롭고 평화롭게 탑니다.

옷장과 욕실

사랑하는 내 딸 공주야,

새싹 부부가 살아가면서

가장 많이 다투고 이혼하는 원인 중 하나가

옷장과 욕실이라고 해서

엄마는 신혼부부 필수 항목으로 정하고

미리 사적인 공간을 준비한다.

너희가 깔끔하거나 지저분한 것이 한눈에 보일 때는

장점은 단점으로 변해서 기분이나 생각을 나약하게 만든다.

삶의 방식이 다른 둘의 이해보다는 오해가 쌓여서

마음에 있는 가지런하고 예쁜 말은 순간에 사라지고

냉혹한 말로 가슴 깊은 곳까지 상처를 주면 어쩌나 한다.

혹여 소꿉놀이하듯 살아가면서

현실이 받아들이기 힘든 그날이 오면

어느 누구가 아닌 너 자신을

조금만 덜 미워하고

조금만 덜 아프고

조금만 덜 울고

조그만 덜 지치면서 올곧은 감정으로 추스르길 바란다.

그리고

옷장과 욕실에 있는 거울의 네게 성숙한 미소를 보기 바란다.

스몰웨딩 (일륜지 대사)

코로나19로 인한 경제적 위기와
사회적 거리 두기에 영향을 받아
양가가 순조롭게 합의하고 큰일을 준비합니다
결혼은 예단 예물 주례 폐백을 생략하고
신혼부부가 살 수 있는 집을 우선으로 합니다

드디어 2022년 4월 30일 토요일
02시 20분 딸아이 결혼식
식순은 화촉 점화, 신랑 신부 입장, 맞절, 혼인 서약
축가, 양가 부모와 하객들에게 인사, 퇴장,
신부 부케 던지고 사진 촬영, 피로연에서 마무리까지
믿음을 바탕으로 하는 일륜지 대사의 기쁜 날입니다

스몰 웨딩이란 말을 머리가 아닌 가슴으로 느낍니다
맹랑하리만큼 야무진 사위와 딸의 의견을 접수하면서
철저하게 수수하면서도
거짓과 참된 돈의 가치를 알고
현명하게 계획하는 모습에 밝은 미래가 보입니다.

스몰웨딩이란 말을 머리가 아닌 가슴으로 느끼며
명랑하리만큼 야무진 사위와 딸의 의견을 존중한다.

잘생긴 하늘

당신은 왜 이렇게 잘생겼어요
쳐다보면 눈이 부시네요

파란 미소로 유혹하지 마세요
괜스레 내 가슴이 설레잖아요

당신은
만인의 공평한 애인이자 친구이지

절대적으로
나 하나만의 사랑은 아니잖아요

그러니 크나큰 우주의 눈망울로
어설피 내 마음 빼앗지 마세요.

우주의 눈망울로 어설피 내 마음 빼앗지 마라

봄님의 유혹

사랑하자
사랑하자
우리 까무러치도록
기쁘게 사랑하자고
봄님이 나를 유혹한다

바람둥이
욕심쟁이
아무 일도 할 수 없이
마음만 들뜨게 해놓고

소리 없이
앞산을 넘으면서

화사하고
아름답게
진정 사랑다운 사랑으로
흐드러지게 만개하자고
봄님이 나를 유혹한다.

사랑으로 흐드러지게 만개하자고
봄이 나를 유혹한다.

해님은 귀여운 장난꾸러기

해님은 귀여운 장난꾸러기
밤새 잠만 콜콜 잘 자고서
아침에 뾰로통한 표정이다

해님이 생글생글 웃어주면
나무의 새들도 소풍을 가고
꽃과 나비도 춤을 출 텐데

해님은 우리 마음 알면서도
괜히 모른 척 시치미 떼고
찡그린 표정으로 장난친다.

시소 타기

간혹 정해진 삶에 지쳐가고
무척 외롭다고 느껴질 때는

내 안에 있는 놀이동산에서
기다란 시소 타기를 합니다

오르락내리락
덜커덩덜커덩

의미 없이 꼬질꼬질한 습성과
판에 박힌 고난의 덫을 벗으려

오르락내리락
덜커덩덜커덩

또 다른 시작과 균형을 맞추어
해가 저물도록 희망을 탑니다.

노랑 개나리꽃

봄의 첫째둥이
고운 낯의
노랑 개나리꽃

활짝 핀 미소로
동네 담장에
요술 벽화 그린다

빨리빨리 잰걸음도
한걸음 늦추고
황금빛을 안으라고

활짝 핀 미소로
우리 동네에
희망의 빛을 그린다.

벌거벗은 남녀

한 남자가 모든 것을 벌거벗습니다
에덴동산의 아담처럼 벌거벗습니다

섬유냄새가 나는 거짓의 옷을 벗고
자연 향기 그대로 진실을 보입니다

그간 뼈저리게 살아온 삶의 살점을
담담하게 털어내고 있는 진실 앞에

오만 방자함이 몸에 가득한 여자가
에덴동산의 이브처럼 벌거벗습니다

한 남자의 진솔한 마음이 아름다워
허울 좋은 여자의 오만을 벗습니다.

몽돌

비릿한
새벽 댓바람이
얼굴을
휘두르고 지난다

시퍼렇게
질주하는 폭풍이
거품을 일으키며
사지를
회오리쳐 지난다

한 조각의 몸
어둠에 잠긴다

모나지 않게
다시 태어나려고
바다에 잠긴다.

은행잎 보조개

햇살이 징검다리 놓아
초록 은행잎은
실금 말갛게
보조개를 보인다

입술을 깨물어도
저만치 가는
세월의 그리움은

못내 아쉬워
섧은 아픔인데

은행잎 보조개에 꽃 핀다
바람새 지저귐에 꽃이 핀다.

보리 가시랭이

깔끄러운 보리 가시랭이
바람에 묻혀 날아가리라

꽃새도 스치지 아니하고
풀섶도 맴돌지 아니하고

산골짜기 여울에 닿으면
흐르는 물에 놓여가리라

아프다 성내지 아니하는
보드란 물에 놓여가리라.

누에고치의 틀

세상이 말하는 길 위에서
먼지 티끌도 공기 속에서 숨쉬며
제자리 찾으려고 하는데
내 존재는 얼마큼의 비중을 차지할까요

일이 무기력해지고
권태증이 생기면
감당할 수 없는 한계에 도달하여
인간의 형체가 쓸모없이 느껴지고
중압감에 시달려 두려움이 몰려옵니다

세월에 스미는 나이는
누에고치의 틀 안에서
의미로 뜻하는 바가 있어
꿈틀대는 고통을 인내하고

비단으로 펼쳐지는 삶이 아름답기에
맑은 희망으로 자신을 내보이며
누에고치 틀에서 날아오르려 합니다.

한 쌍의 백학

그대와 내가
여행을 떠나는 이 길이
하얗게 빛나는 행복입니다

해를 편하게 뉘고
달을 일으켜 세워
환상과 신비의 세계에서
별을 따먹으며 날아다닙니다

한 쌍의 맑은 백학이 되어
허세를 떨치고
마음의 수레에서
짐을 벗고 날아다닙니다

그대는 내 날개만을 위하여
나는 그대 날개만을 위하여
위로하며 비행하는 이 시간이
영원으로 이어졌으면 하는
잊을 수 없는 시간입니다

혹여나
그대 한쪽 날개에 상처를 입어
힘이 드는 날이 오면
나는 기꺼이
내 깃털을 뽑아 그대 주렵니다

그대가 가시리 가시리 하여도
보낸 후에
남아있는 아픔이 깊다는 것을 알기에
나는 처음처럼 마지막도 같이
한 쌍의 백학으로 오래오래 남으렵니다.

거짓말

죽도록 보고프다고
죽도록 그리웁다고
시시로 말하는 당신

진심인 마음 알지만
철부지 나여서인지
간혹 믿기질 않아요

용기 없는 그 사랑은
내게 오지도 못하고

꿈만 꾸는 그 사랑은
나를 데려가지 않아

때론 속빈말 같아요
때론 거짓말 같아요.

좋은 사람을 만나면

좋은 사람을 만나면

지금의 어둠은

두려움이 아니라 추억이다

좋은 사람을 만나면

슬픔의 지난날은 잊히고

기쁨의 오늘날을 산다.

아버지 내 아버지

세상에서 가장 존경하는 사람이 누구냐고
나에게 누군가 물어오면
나는 서슴없이 사랑의 시작인 내 아버지라고 합니다

여자가 무엇이고
아내가 무엇이고
부모가 무엇이고
진정한 삶이 무엇인지

조금은 나이가 차서 깨달음을 얻고
닮은꼴로 하여질 때
하늘나라로 떠나가신 내 아버지

살림에는 눈이 보배다
세상에서 제일 무섭고도 따뜻한 것이 사람이고
사람의 얼굴에서도
두 눈을 잘 보아야 한다고 말씀하시는 아버지

두 눈에 무슨 생각이 들어있는지 알아야
잘 살 수 있다는 것을 조금이나마 터득하고
뼈가 녹아내려야 나온다는 돈의 값어치를 알기에
차별이 없는 배려를 우선으로 합니다

아버지의 남기신 지혜를 하나하나 저축해서
엎치락뒤치락하는 인생길에
정다운 벗 삼아 이야기하고 있습니다

아버지는 재촉하지 않아도
예약된 길 갈 수 있는데
무엇이 그리도 힘들고 버거워서
쉬이 다 털고 가셨을까요

하해와 같이 받은 정을
그렇게 즐겨 드시는
약주 한 잔 올려서
보답하기도 전에 가셨을까요

너도 한번 잘 살아봐라
나 살아 있을 때
너 사는 거 봐야 눈을 감는다고

결혼해서 가정을 이루고 살아가는 딸에게
사소하게 먹을 것 입을 것 다 챙겨주시고
자식 위해 희생하시는 아버지께
예 예 순응하며 받들지 못하고
사랑표현 유별나다고 투정했는데
세월을 겹 할수록 뒤늦은 후회로 죄송합니다

너무나 강했기에 따르기 벅찬 산을
포기하지 않고 오르고 또 오르다 보니
이제는 어렴풋이
아버지의 뜻이 보이고 알 것 같습니다

가고 없는 그 자리에 그 말씀이
아버지 둘째 딸은
가슴이 미어지도록 보고 싶고 그립습니다

아버지, 내 아버지.
이 세상에서 하나뿐인
선망과 존경의 대상이신 배 상 묵...
딸은 당신의 삶을 영원히 사랑합니다.

아버지의 당부

삶은
동그라미다

각이 진 심성은
자신이
자초한 상처다

둥글둥글하게
살아가는 것도
큰 재주이니

마음 다듬어
모나지 않게
잘 살아야 한다.

손가락질

여인아 여인아, 가여운 여인아.

실낱같이 가느다란 그대 몸속에
무엇이 그대를 미치도록 하는가

마음이 정갈하고 곱다란 영혼을
무엇이 그토록 어지럽게 하고

그대 영혼을 낱낱이 발가벗겨
도로 한복판에서 날뛰도록 하는가

여인아 여인아, 가여운 여인아.

어쩌면 어쩌면
그대가 지금의 나와 같기에
그대 보고 나는 서러워 서러운데

사람들의 혀는 흥겨운 잔치이고
식지손가락은 널을 뛰며 춤춘다.

실낱같이 가느다란 그대 몸속에
무엇이 그대를 미치도록 하는가

초대 받은 이름

세월 한 수저 납죽 받다 보면
파랗게 윤기가 흐르는 행복에
포만감이 느껴질 때 있고

나뭇잎이 떨어져
하얀 속 살 드러내는 가지에
설움을 삼키며 눈물질 때가 있습니다

하늘이 열려 있어
땅은 숨을 쉬기에

대지의 들꽃 하나 헤집은 일 없이
설렘으로 바라보고
단순한 정겨움에 읊조리는데

살며 사랑 만들기는
무엇이 모자라고 서운해서
소중한 인연에
점점 멀어져가는 이름일까요

잠시도 떨어지지 않으려고
조심스럽게 사랑스럽게
그 이름을 불러
내 인생에 초대하였는데

딱딱한 마음의 껍질 벗어던지고
밝고 상냥한 목소리로
처음 그 자리에서 기다리고 있을
이름을 초대하여
살찌운 눈빛으로 바라보아야겠습니다.

관심을 끄는 남자

당신이 마음에 듭니다

잘생겨서도 아니고

돈이 있어서도 아닙니다

세상을

진지하게 대하는 태도가

매력 있어서 마음에 듭니다

끊임없이

자기 계발에 힘쓰고

입술의 각질까지 걷어내고

건강한 생각으로 사는 당신

당연한데도

모르거나 귀찮아서 안 하는 이도 있는데

꾸준히 자기관리 잘 하는 당신 모습에

삼십 년을 넘게

내 관심을 끄는 당신은

나만의 남자 최고의 남자입니다.

어여 가시게나

사랑하므로
사랑하였으므로

운명이니
숙명이니 하는

속박의 굴레에서
그대를 풀으나니

내 고운 사람아
어여 가시게나

지금 아니 가시면
이대로 못 가시면

내 사랑이 그대를
죽도록 얽어매네

또다시
죽도록 얽어매려네.

여우잠

사랑은 옛일이라
추억에 잠재워서

순간 기지개 켜고
숨구멍 찾아든다

잔인하고 끈덕진
미련도 사랑인가

자다 깨다 여우잠
밤 자락에 여윈다.

앙큼한 소원

나는 당신에게 앙큼한 소원이 있습니다
엑스트라 단어는 새 밥으로 주고
주인공의 단어만 쓰겠습니다
나는 당신하고
낮에도 밤에도 같이 있고 싶습니다

햇살이 환하게 비춰주는 이른 아침에는
어김없이 어제처럼 "잘 잤어?" 하고
부드럽고 정감이 흐르는 목소리로
편안한 안부를 실없이 묻고도 싶고

시간이 익어가는 밤에는
발가락 장난으로 헤프게 골탕 먹이면서
이불 똘똘 말아가다가 걷어차고
당신을 내 품에 와락 끌어안고 "사랑해!"
이 말 한 마디 달콤하게 하고 싶습니다

이렇게 염치없이 소원을 바라는 것은
어설픈 망상이고
허파 깊숙이 바람들어가게 보이겠지만
그래도 당신을 보고 있으면
줄줄이 습관처럼 소원을 갖게 되었습니다

당신아 사랑하는 당신아,
요 앙큼한 소원
내가 가지고 있어도 괜찮지요?

고통, 그것참 괴롭고 아프더라

하이에나의 날카로운 송곳니에
한번 물려보니 치명상을 입더라

제대로 일어설 수 없으리만큼
정신은 충격과 공포에 휩싸이더라

엄마 뱃속에서 탯줄을 달고
갓 태어난 핏덩어리고 싶더라

키도 마음도 자라지 않은 아기로
나뭇잎만 한 요람에 있고 싶더라

살고자 푸른 공기에 수저 들어도
뼈와 살은 소리 없이 으깨지고
타고난 배냇짓까지 잃게 되더라

고통, 그것참 괴롭고 아프더라
고통, 그것참 너무나 아프더라.

뼈와 살은 소리 없이 으깨지고
타고난 배냇짓까지 잃게 되더라

고통, 그것참 너무나 아프더라.

그럴 수 있어요

어떻게 그럴까
어떻게 그럴 수가 있을까
그토록 믿었던 당신인데
이토록 내 가슴을 아프게 할까

거기에 당신 있겠지 하고
단걸음에 달려가 보면
예감이라도 하듯이
나를 바라보고 있는 당신이

하루아침에
나를 모르는 모습으로
세상 수많은 빛에
슬프도록 두 눈을 감게 하는지

행복한 기억으로 고마운 당신에게
이미 떠나가는 미소에게
더 이상 내 어리석은 질투로
당신을 힘들게 하고 싶지는 않아요

내 곁에서
야위어 가는 당신의 얼굴을
차마 볼 수 없어 보내니
가끔은 그 향기를 바람에 날려주세요

그럴 수 있어요
그럴 수가 있는 거예요
당신은 내가 아니고
나는 당신이 아니기에
그럴 수 있다고 보아요

두 번째 사랑으로 다가올 당신이여
기다림에서 그리움이 무엇인지
진정한 사랑이 무엇을 의미하는지
나는 이 아픔에서
당신을 이해하고 당신이 되어 보겠어요.

자연스럽게 시간을 가지고

너무나도 바쁜 사람아

이순의 가을에는

자연스럽게 시간을 가지고

먼 곳으로 여행을 떠나세요

오 년이나 십 년 후에

마음이 맞는 벗들과

시골에 사랑방 짓고

어울려 살겠다는 꿈을

여행의 사랑방으로 이루어보세요

산과 골프를 좋아하는 친구들과

"산다는 건 그래" 하고 이야기 나누면서

젊어지는 건강과

신비의 호흡을 경험해 보세요.

오랜 보고픔에 비가 내려

사라진다는 말을 남기고
당신은 내 곁을 떠나
더 행복한지 모르겠습니다

만나지도 그리워하지도 말자고
당신은 내 곁을 떠나
오랜 보고픔만 남겼습니다

사라진 그 해의 시간 풍경은
진한 어둠으로 채색되어
숨조차 쉴 수가 없었는데

오랜 보고픔에 비가 내려
내 기억에 당신 모습은
이미 낡고 허름해져 갑니다.

역경은 내 첫사랑

역경은 내 첫사랑입니다
수없이 고민하게 만들고
아픔과 고민을 주니까요

아마도 역경이 없었다면
지금의 나는
좋은 행복을 모를 겁니다

오랫동안 내 기억에 머물러서
가슴 뛰게 하는 역경은
이제 황홀한 삶의 시작입니다.

오랫동안 내 기억에 머물러서
가슴 뛰게 하는 역경은
이제 황홀한 삶의 시작입니다.

청보리밭

낮은 구름
산에서 흘러내려
안개 낀 능선으로
언뜻 보이는 청보리밭

맨 처음 누구인가
보리피리 불며
이랑에
천국의 악보를 그려 놓았다

순수한
바람의 음계에 따라
파랗고 푸르게
자연히 리듬을 타는 청보리

그 수염에 감추어진 보리는
모든 것을 다 주어도
다 주지 못한 것이
한이 된다는
그리운 내 아버지의 향수다

끝없이 짙푸른 보리밭에서
어릴 적에
정다운 아버지의 향기에 매료되어
마음은 무한의 날개를 펼친다.

미친 사람이 좋습니다

무엇을 선택하든
어떠한 일을 하든
한번 뛰어들면
나는 욕망을 갖습니다

욕망은 열정으로
시간을 가리지 않고
나를 미치게 만듭니다

만나게 되는 사람도
밤낮을 가리지 않고
일에 의욕을 샘솟게 하는 사람이 좋습니다

오만가지 일 중에 남에게 누가 되지 않고
기쁨으로 흘리는 땀은
고가의 명품인 오일보다 매끄럽고
장미꽃보다 향기롭고 레몬보다 상큼합니다

자기 역사를 위해 큰 일이 아닌 작은 일에도
그 선택의 의미를 알고
가치 있게 다듬고 만들려고 하는 사람
나는 숨 가쁘게 미친 사람이 좋습니다.

내 아름다운 연인

호사스러운 비단옷을 입지 않아도
당신의 눈매에는
고귀한 기품이 담겨져 빛이 납니다

금테 두른 명함을 지니지 않아도
당신의 입가에는
여유롭고 평온한 미소가 있습니다

지나가는 아이의 콧물을 닦아주고
외로운 노인의 말벗도 되어 주는 당신

해는 해여서 따뜻하고
바람은 바람이어서 시원하다는 당신은

지금의 모든 것을 가슴으로 사랑하고
마음의 소리를 순수하게 읊어냅니다

당신은 시인입니다
맑은 느낌이 살아서 숨을 쉬는 시인
내 아름다운 연인은 참다운 시인입니다.

고혹적인 미소

우리 님
고혹적인 미소가
보름달에서 초승달로
가늘게 비어 있을 때는

이 마음
물빛 고운 이슬방울로
초승달에 걸터앉아
피리 소리에 노래 부르며
사랑 가득 채워 드릴래요

초롱초롱한 큰 별은
새하얗게 달무리 지어
손풍금에 풀꽃 연주하고

아기자기한 작은 별은
환상의 은빛 가루를
관객 되어 뿌려 주지요

사랑하는 우리 님
한쪽 눈을 감아 윙크하고
기쁜 의식으로 감동 주네요.

꽃 피는 심장

심장이 꽃 피네요 꽃이 피고 있네요
새빨갛게 피어나는 꽃잎이 놀라워요

경이로운 느낌이 조각나면 어떡하죠
두근대는 감정이 멎어지면 어떡하죠

지금 이대로 눈의 느낌을 가지고
영원히 시간의 그네를 타고 싶은데

모든 것이 지금 이 순간을 져버리고
이내 부서지고 멎어버릴까 두려워요

오래전에 심장은 색깔을 잃어버렸죠
행복을 피워내는 방법도 잃어버렸죠

비포장 나이 길을 깨금발로 디뎌 가는데
수꽹이 한 마리가 나타나 흙먼지를 날렸죠

혼란에 빠지는 심장은 어둠 속에서 울며
소각을 기다려야 하는 낙엽이 되어 버렸죠

꿈만 같아요 지금의 빛깔이 꿈만 같아요
아주 짧은 꿈이라고 해도 충분히 행복해요

이제 심장은 흙먼지가 날려도 두렵지 않아요
색깔이 같은 심장이 삶의 방법을 알려줬어요.

빗줄기를 여는 새벽까치

날아온대요
까치님이 날아온대요

여느 때처럼
노래만 들어도 반가운데

이 새벽에
내 곁으로 날아온대요

훨훨 오세요
내 곁으로 훨훨 오세요

파랑 날개로
빗줄기를 여는 동안

감동한 마음도
다소곳이 열어 놓겠어요.

시간의 선상에서

여자는 기도를 합니다.
한 사람을 기다리는 시간의 선상에서
눈에 보이는 요란한 비의 소리를 멀리하고
두서없이 흔들리는 마음의 진동을 잠재우고
오직 하나에 마음을 모아 기도를 합니다.
그 사람이 오는 이 새벽길
부디 편안하길 간절히 두 손을 모읍니다.

별님 하나 등불이 되어 그의 길 밝혀주면 얼마나 좋을까요
달님이라도 벗 되어 그의 길을 속삭여주면 얼마나 좋을까요

한겨울의 나무줄기처럼 앙상하게 여윈 이 밤의 줄기를 타고
그 사람은 그림자 하나 놓이지 않은 낯선 길을 오려 합니다

오기 어려울 것 같아서 바쁘다는 핑계도 나름대로 괜찮은데
그 사람은 기꺼이 암흑의 파장을 타고 이 밤에 오려 합니다

고독이 느껴집니다 그 사람의 깊은 고독이 느껴집니다
모든 것이 비 바다에 잠기듯이 고독 또한 비 바다에 잠겨
외롭고도 외로운 그 마음이 발버둥 치는 것을 몰랐습니다

더러는 누군가 그리워서 마음이 가는 대로 떠나고 싶습니다
더러는 누군가 보고 싶어서 미친 듯이 달려가고 싶습니다
홀로가 쓸쓸해 너무 쓸쓸해 눈물이 먼저 질주하기 때문에...

그 사람은 오늘이 그러기에 마음 둘 곳을 찾아오나 봅니다
별님 달님은 보이지 않아도 아른거리는 이름 하나 있어
암흑도 두렵지 않게 발버둥 치고 마음 둘 곳에 오나 봅니다.

하늘아 눈을 뜨려무나

눈부시게 좋은 날도 많았는데 어이해 오늘이었다니
푸른빛에 붉은 꽃도 저 물리고 어이해 까만 밤이다니

늘 그러듯이 오늘도 스쳐 가는 바람의 말이라 여기고
그의 소리 모른 체할 걸 시침 떼고 외면할 걸 그랬어

그렇게 즐겨듣는 음악이 흘러도 하나도 들리지 않고
커피 향을 느껴보려 해도 설익은 감처럼 떫고 씁쓸해

하늘아 눈을 뜨려무나 눈을 뜨고 나를 좀 보아다오
한밤의 약속이 가시방석에서 초주검이 되지 않도록

이렇게 지독한 우레비는 성깔을 부려 밤을 흔드는데
설마는 잠시도 나를 내버려 두지 않고 미안하게 한다

하늘아 눈을 뜨려무나 눈을 뜨고 고요한 별빛을 다오
미안해서 더는 미안해서 해쓱한 약속이 되지 않도록.

파동

사랑 가득한 눈빛으로
사방을 둘러보면
허허로움에도
미세한 진동이 있습니다

눈과 귀 입은 멀어
마음을 누르다 보니
지나온 미련은
한 몸으로 껴안아 울 수 있고
악취가 나는 말의 토해냄도
감칠맛이 있다는 것을 알았습니다

진흙탕에서도
주워 먹을 것이 보이면
개의치 않고
허리를 굽히고

다른 이가 궁리하여 표현하는 말에
된서리로 대함은
크나큰
실수로 남는다는 것을 깨닫습니다.

나는 당신 편입니다

멋있고 당당한 최고의 남자가
체면의 허울을 벗어던지고
낮은 소리로 마음을 말했지요

그 누군가에게 기대고 싶어서
잠시라도 편하게 쉬고 싶어서
내 몸 하나 반겨줄 이 찾는데

당신이 나를 반기기만 한다면
천둥번개가 휘몰아친다 하여도
그곳으로 한달음에 달리겠다고

언제인가 가슴 한쪽이 시리도록
너무 힘들어하는 말이었음에도
가벼이 여기고 잘난 체 했지요

큰 나무는
새를 가리지 않는다고 했지요

어느 날은 새소리가 경쾌해서
마치 꽃이 몽글몽글 피어나듯
가슴에도 좋은 향기가 나는데

어떤 날은 새소리가 날카로워
마치 예리한 비수에 찔리듯이
가슴에 멍울이 맺힌다 했지요

오세요 담배 한 개비 피우고
오래된 친구를 만나러 오듯이
천천히 천천히 내게로 오세요

당신의 지독한 외로움 덩이를
나만의 것으로 독차지 하고서
아프지 않게 위로해 드릴게요.

만첩홍도

복사꽃은 어쩌자고 저리도 붉은가
잎새달 한가운데 떡하니 자리하고
청춘의 정열처럼 뜨겁게 타오른다

사흘이 멀다고 찾아드는 시련의 바람은
몰랑한 줄기가 이지러지고 퇴색하도록
성난 채찍으로 의지의 삶을 시험하여도

꽃잎은 붉은색으로 겹겹이 피어나서
백지 같은 무색 노을의 공기를 뚫고
눈부시게 카랑한 핏빛으로 물들었다.

복사꽃은 어쩌자고 저리도 붉은가?
잎새달 한가운데 떡하니 자리하고
청춘의 정열처럼 뜨겁게 타오른다

뽕잎을 따시는 어머님

앞마당에서 뽕잎을 따는 어머님이
"아야, 얼렁 정지 좀 구다봐라"

갓 시집온 며느리는 말뜻을 몰라서
어머님 눈치만 보고 있는데

"뭣 허고 있어, 말이 안 들린 거여?
정지 좀 구다보란게 다 넘것다야"

넘것다는 그 말에 싱긋이 웃으며
부엌으로 달려가 가스 불을 줄이고

어머님 옆에 앉아 뽕잎을 따는데
몰랐었냐? 하고 웃어주는 어머님

강남 갔던 제비가 돌아올 때면
국경일 같은 아버님 생신까지 겹쳐
숨 쉴 새 없이 바쁘시던 어머님

어머님이 그립다
맑은 초록색 뽕잎으로 감투를 쓰고
종처럼 부리는 그 다정함이 그립다

이제는
음력 삼월 삼진날이 되면

나는 어머님을 대신해서
정성들인 음식이 넘치지 않도록
정지를 눈이 빠지게 구다보고 있다.

아버지의 부지런한 아침이 보고 싶다

새벽닭 울음소리에
어흠 헛기침하시며
자식 일어나라고
재촉하시는 아버지는

해맞이 서두른 사람은
하는 일마다 잘 되고
얼굴 화색부터 다르다고
입에 침이 마르도록 말씀하신다

귀찮은 잔소리 또 시작이다 싶어
이불로 귀마개를 하고
괜스레 달구 새끼 탓하고

아버지의 시끄러운 아침을
언제 벗어날까 했는데
실제로 벗어나고 보니 허전하다

집안이 흔들리게
쩌렁쩌렁한 목소리로
일어나지 않고 꾸물댄다고
큰소리로 꾸짖으시며
방문을 활짝 여시는 아버지는

자식은
천 번을 말해야
한번 알아듣는다고
잔소리가 아닌 뜻깊은 말씀을 하셨다
아버지의 부지런한 아침이 보고 싶다.

흉내 내는 삶

나는 아버지가 하늘나라로 가신 후에
눈물로 밤을 꼬박 새우고
사진으로도 보고픔이 달래지지 않을 때는

현관에 있는 가족의 신발을 쳐다보다가
남편의 신발 속에는 큰아이 신발을 넣고
내 신발 속에는 작은아이 신발을 넣는다

아버지가 나를 유난히 사랑했듯이
품안의 자식을 무심하게 넘기기 않으려고
아버지께 배운 삶을 흉내라도 내어본다.

시각차

어제의 나는

일을 하다가 시계를 봅니다

배고픔을 느껴 시간을 확인합니다

오늘의 나는

서쪽으로 가는 해를 봅니다

삶의 배고픔에 인생을 확인합니다.

꽃샘바람

꽃샘아
살포시 불어라

엄마 봄이
아기 움을
감싸고
몹시 아파한다

꽃샘아
천천히 불어라

봄의 생명은
매서움에 놀라서
혹독한
고통을 겪는다.

봄의 생명은
매서움에 놀라서
혹독한
고통을 겪는다.

내 민요가락

덧없다 덧없다
세월만 하리까

그립다 그립다
내 님만 하리까

능수버들 휘늘어진들
지금 내 삶만 하리까

살아보세 놀아보세
허송세월 아쉬움 없이

깊게 여물어 가는 인생
내 민요가락 한번 만들어 가보세.

시집가야지

시집가야지
꽃 봄에게

겨울 울타리
새 볕이 녹여

시집가야지
향기 품으러

바람 가마에
마음 싣고서

들풀 비치는
개울을 지나

시집가야지
꽃 봄에게.

천국과 지옥

콩알만 한
내 삶의
여행에서

행복을
느끼면
천국이고

불행을
느끼면
지옥이다

혹여
불행이
나를 구속해도

불행이
지쳐서
행복이 될 때까지

자유로운
영혼으로
지옥을 즐기련다.

약속의 신호탄

차갑게 겨울잠을 재우는 과거의 말들은
시계의 초침이 째깍째깍 움직일 때마다
봄볕에 푸른 싹처럼 다시금 살아납니다

평범한 날에 약속의 신호탄이 울린다면
쉬이 잊기를 좋아하는 망각의 여자는
그의 마음을 영영 알지 못했을 겁니다

밤이라서 보고파 하는 줄 알았는데
비 내려서 보고파 하는 줄 알았는데
놓치고 싶지 않은 그리움이었습니다..

그는 약속의 신호탄이 울림과 동시에
애타는 마음이 미래로 향하는 데 있어
어떠한 걸림돌도 존재하지 않았습니다.

엄마 개인 비서

어디에서 무엇을 사더라도
평생 말하며 듣고 살았는데
어느 순간
생소한 분야를 보듯
타인의 언어 구사가 낯설어
슬퍼하는 노인의 모습을 봅니다

엄마는 한 번 말하면 못 알아듣고
세 번의 말과 표정을
그림책 보듯 이해를 하시고
이해가 조금 어렵다 싶으면
시치미를 뚝 떼고
모르쇠 작전으로 나갑니다

이럴 때는
못난 딸이 되더라도
양식 없는 사직서를 쓰고 싶습니다

월급은 땡전 한 푼 안 주면서
비가 오나 눈이 오면
우산이 필요하다고 부르는 엄마께
딸이라는 명분으로
엄마의 개인 비서 담당한 지 십 년째

행여나
우리 엄마 가슴에
아픈 일이 생기지 않을까 걱정돼서
비서는 늦장 부리지 않고
긴장의 연속으로 대기 중입니다.

어제 죽은 사람 불쌍하다

어제 죽은 사람 불쌍하다
그런데 더 불쌍한 것은
오늘 죽은 사람이다

자고 나서 눈만 뜨면
새롭게 변하는 세상에
내 몸만 건강하다면

세상에 제일이다 하는
유명한 곳 다 가보고
맛있는 음식 다 먹는데

죽으면 소용이 없는 일
날마다 걷기 운동하고
여행하면서 살아가련다.

(여행 중에 하늘나라로 가신 아버지 생각하면서) 엄마의 글

고려장

삶의 창이 좁아지고
몸이 쇠약해져가는 노모에게

우아하고 기품 있는 언행을
바라는 것은 고려장이다.

-엄마, 힘들게 해서 미안해-

변해야 산다

익숙하면 긍정하고
서투르면 부정하기 때문에
현시대에 따라가야 한다

변해야 산다
신선함을 추구하는 현시대에
고리타분한 박물관 성격은
의사소통을 불편하게 한다

대중성을 확보하는 드라마는
말이 빨라지고 흥미롭다
품격 있는 토크나 뉴스 진행도
빛의 속도로 진행을 한다

나는 매 순간
모자람이 많기에
익숙하기까지 감정을 조절하고
살기 위해 변화에 도전한다.

괴로움은 잠깐

내년 겨울의 내 생일쯤에는
아무것도 기억나지 않을 일에

오늘 왜 이렇게 괴로워하고
숨통을 조이고 있는 것인지

잊자
잊어도 되는 일에 고민하다가
심장은 새까만 숯덩이 되겠다

호흡을 조금만 가다듬으면
파란색 신호등의 인생을
조금 일찍 나아갈 수 있는데

잊자
잊으면 괴로움은 인생에 잠깐이고
비움의 기쁨은 영원하리라 본다.

더 사랑하게 하소서

사랑... 한다고
사랑하고 있다고
차마 소리 내어
말은 못하여도

거짓 하나 없이
진실한 마음으로
내 영혼의 기쁨으로
더 사랑하게 하소서

가슴에 품어진 사랑
창가에 비친 달님도
눈치 채지 못하도록
혈관에 흐르는 사랑

내 영혼의 공간에서
그의 충분한 사랑이
오래 머물러 있도록
더 사랑하게 하소서.

내 영혼의 공간에서
그의 충분한 사랑이
오래 머물러 있도록
더 사랑하게 하소서.

푼수데기

우리 처음에는 밀고 당기고
미묘한 심리전을 펼쳤지요

그러다 시간이 흐를수록
미움에서도
내 인생보다
당신의 인생이 보이고

어제와 오늘은
기쁨에서나 슬픔에서
내 운명보다 당신의 운명을
더 사랑하게 됐지요

내 마음을
당신 마음대로 해석하여도
나는 이해가 되고

밀고 당겨도 멀미하지 않고
있는 그대로 받아들이는 것이
편안하고 포근해졌지요

사랑하기에 24시간이 모자라
나는 당신을 뒤따르면서
신나는 트로트를 사랑가로 부르고

나이가 먹어갈수록
사랑의 감정 표현이 깊어지고
정숙해야 하는데
푼수데기로 뒤따르는 게 즐거워요

나는 밀고 당기는 고집보다
푼수데기처럼 사는 것이
숨 쉬는 순간마다
행복의 포만감으로 느끼나 봐요.

초원의 백마

나는 기다란 머리카락을 휘날리면서
그간의 구속된 시간을 털어버리고
초원의 백마로 거침없이 나아갑니다

새봄의 하늘도 맑은 낯을 드러내고
얕은 구름을 깃발처럼 휘날리며
푸른 세계로 가볍게 나아갑니다

어쩔 수 없이 냉정하게 흐르는 세월에
묻혀서 가는 일들이 서럽고

거북이 등처럼 메말라가는 감성과
이따금씩 고른 숨결은 감각을 잃기에

나는 제자리를 박차고 점점 더 세게
저 새봄의 하늘을 시샘이라도 하듯이
풀 냄새를 만끽하면서 앞으로 달립니다.

손가락 화분

유리창에 손가락을 펼치면
다섯 손가락 사이사이에
오목조목한 화분이 있어요

맑고 파란 하늘 이파리에
벚꽃 나비 사르르 날아와
봄 화분이 환하게 보여요.

아픔의 꽃

아픔의 꽃을
위로해 주고 싶다면
그냥
고운 눈으로
바라보아 주세요

울타리 안에서
보살펴 주고 싶어도
그냥
맑은 눈으로
지켜보아 주세요

위로하며 보살피는
고마움이
꽃잎의 상처로
남겨질까봐
걱정이 앞섭니다

인내하는 줄기와
조심스럽게
지탱하고 있는 뿌리는
아픈 꽃의 눈물입니다

꽃을 사랑한다면
향기를 믿는다면
부디
눈으로 보아주세요.

꽃을 사랑한다면
향기를 믿는다면
부디
눈으로 보아주세요.

혀 놀림을 우선멈춤

당신의 어설픈 재간으로
나를 가늠하지는 마세요

평생을 친근하게 지내도
사람 속을 모른다 했거늘

이제 두 번 만나는 내게
서슴없이 망언하는 당신

선무당이 사람을 잡고
서당 개 삼 년에 풍월 읊어

뜨거운 물을 입안에 넣고
혀 놀림을 우선멈춤 합니다

눈물이 돌 만큼 뜨거운 물
가만히 머금고 있는 채로

어쩌지 못하는 쓴 인연에
우선 멈추고 방향을 봅니다.

예쁘다는 칭찬

예쁘다는 칭찬은
장미 백 송이 보다
감동을 듬뿍 받고
향기도 오래간다

거울 속의 내 모습
예전 같지 않아서
늦가을 풍경처럼
퇴색되는 잎인데

예쁘다는 칭찬에
봄날 꽃의 요정이
뜰에 꽃을 가꾸듯
내 얼굴을 가꾼다.

배달된 여름

초록빛 바다 냄새가 물씬 풍기는
시원시원한 수영복이 배달되었다

포장된 수영복을 펼쳐보는 순간
사춘기 소녀처럼 예민해져 버렸다

여름은 말없이 옷을 벗기려 하고
바다는 냉큼 오라 손짓을 하는데

배짱 두둑하고 통이 큰 여자는
야한 천 조각에 주눅 들어 버렸다

이를 어쩌나
배를 아무리 신문지처럼 구기고
다시 입어 보아도 올록볼록하다

정말 어쩌나
마음에 들어 반품하기는 아쉽고
에라 모르겠다 여름을 누리자

한참 치수 불량인 몸을 탓한 후에
멋스러운 초여름을 맞이해 본다.

주름 꽃

요즘 얼굴에 향기 없는 꽃이 핀다
온갖 봄꽃에 시샘을 부리듯이
자글자글 소리 요란하게 피어난다

어쩌면 좋아 이 꽃을 어쩌면 좋아
아직은 싫다고 눈물로 발악하여도
나비도 찾지 않는 꽃이 피어난다

바람아 바람아 나는 어쩌면 좋아

웃으면 웃을수록 피어나는 주름 꽃
마음의 향기로 숙성시켜야 하는지
정원사의 가위손을 빌려야 하는지
예쁘게 꾸민 위로의 말도 슬프다.

토라지는 마음

저 하늘에 구멍 뚫린 듯
빗줄기 쏟았으면 좋겠다

미친 듯이 그 비에 묻혀
울음을 토해 낼 수 있게

다투고 토라지는 마음이
미움으로 남겨지는 것은

살을 도려내는 고통이고
뼈를 깎아내는 지옥이다.

사랑에는 이유가 없다

눈아 하얀 눈아
하루 종일
나는 너하고만 놀란다

정해진 시간 없이
겨울 이야기 나누며
네 사랑에 빠질란다

사랑에는 이유가 없다
네가 좋아서
그냥 바라보는 거란다

미르와 도도 축구

후다닥후다닥
미르와 도도가 축구를 한다

미르는 공격에 능하고
도도는 수비에 능하다

전반전 새벽 01시
후반전 03시
게임 룰은 지칠 때까지 한다

성격이 활발하면서 급한 미르 선수
엄청난 속도로 공을 차고 달린다

드럼 세탁기 내부의 통을 돌리고
화려한 발재간이 돋보이는 미르는

다시 공을 현란하게 차다가
도도와 기술전이 펼쳐진다

활발하고 사교적인 도도 선수는
차분한 속도로 공을 받아친다

햇살에 캣타워나 해먹에서
창밖 관찰이 생활인 도도

삼 개월 빠른 미르 형하고
승부에 몰입하다가 넘어진다

체력 소모가 많은 스포츠에
충전을 위해서 연어 간식을 먹고

귀엽고 깜찍한 고양이 두 녀석은
발톱과 털을 다듬고 몸단장한다.

속 깊은 형님

칠 남매에 동서 하나 있는데
십사 년 세대 차이로
말도 안 통하고
행동은 제멋대로여서
굴뚝에 연기 날 때
한숨만 내쉬는 우리 형님
나는 보물단지가 아닌 애물단지다

나는 몰랐다
몰라도 너무 몰랐다
어떻게 그렇게
철도 없고 눈치도 없이
형님의 한숨을 모를 수 있는지
바보가 따로 없다

모든 일에 나만 생각했다
내 기준에
나만 서운하고 슬펐다
언짢은 표현에
내 가치가 가볍게 여겨져 고통스러웠다

세월이 흐른 후에
속 깊은 우리 형님 말씀
하나도 틀린 게 없다는 걸 알았다
동서라고는 누가 있냐
너 하나
나 하나 있는데 하시면서
사람의 도리를 알려주셨기에
그나마 보물단지로 살아가고 있다
형님 아주버님 사랑합니다.

사람이 왜 사냐
내 생각대로
나 하고 싶은 대로
다 하고 살면
그게 사람이냐

하기 싫어도 해야 하고
보기 싫어도 봐야 하는 것이
다 큰 사람 노릇이고
도리 때문에 하고 사는 것이다
사람이면 다 사람이냐
도리를 알아야 사람이다.

계획은 뜨겁게 진행 중이다 (1)

나는 인생에 창조적인 계획을 세운다

내 나이 오십 초입에는

첫 번째, 일에 대해서 미련을 버리고 정리를 한다

두 번째, 머리부터 발끝까지 건강검진을 한다

세 번째, 조각 글을 정리해서 시집을 출간한다

네 번째, 십 원짜리 통장 잔액부터 확인하고 여행을 한다

가까이 사시는 친정엄마와 우리 부부 그리고 아들과 딸 삼대가

세계의 온도가 다른 땅을 찾아서

사회 경제 문화와 역사

그리고 고딕과 바로크, 로코코 양식을 경험하고

파 마늘 깨 된장 간장 고추장 참기름과 다른

특유한 향신료와 색다른 과일을 맛보기로 한다

두 아이 젖을 떼자마자 남의 손에 맡기고

밤잠 아끼고 가게 일에만 전념한 보상은 여행 비용으로
충분하다

계획은 현실이 되고

내 인생 최고의 계획은 뜨겁게 현재 진행 중이다.

계획은 뜨겁게 진행 중이다 (2)
미국, 캐나다, 서유럽, 북유럽, 호주, 인도네시아 섬 발리

미국
동부 서부 여행

캐나다
동부 서부 여행

서유럽 여행
독일 오스트리아 이탈리아 스위스 프랑스 영국

북유럽 리갈 프린세스 크루즈 발코니 16일 여행
덴마크 노르웨이 스웨덴 에스토니아 러시아 핀란드 독일

호주
(오스트레일리아) 여행

인도네시아 섬 발리에서 생긴 일

워터블로우, 울루와뚜 절벽사원, 싱글핀, 렘푸양사원

짐바란씨푸드, 꾸따 트꾸따 시내 투어, 전신마사지, 우붓 왕궁

우붓 전통시장 및 거리 관광, 따만 사라스와띠(스타벅스)
사원 관광

우붓 원숭이숲(몽키포레스트), 스미냑비치, 전신마사지

우리 가족 네 명은 가벼운 옷차림으로

현지인 가이드와 아름다운 명소를 4박 5일 관광하고

발리 전통 마사지로 피로를 날린다

아침저녁은 풀빌라 레스토랑에서 서비스 받고

점심은 나시고렝과 미고렝 또는 렌당으로 행복을 더한다

최고의 관광은 쎈셋을 보며 즐기는 짐바란 씨푸드다

짐바란 비치의 석양을 바라보며

바닷가재와 게 새우 오징어 등의 해산물을 바싹하게 굽거
나 튀겨서

다양한 맛을 즐기는 스페셜 디너 코스 요리로 풍미를 선사한다

우리가 머무는 힐스톤 웅가산 풀빌라는 독채로 예약해서

언행의 거미줄을 벗어나 마음이 편안하다

친정엄마와 아들과 딸 그리고 나는

넓은 잔디마당에 있는 수영장에서

발리의 전통의상 사롱으로 패션쇼를 하고

봄이 꽃을 피우듯 우리들의 인생 샷을 피어간다

그리고 사랑이 스민 와인 잔을 들고 축제를 즐긴다.

언행의 거미줄을 벗어나 마음이 편안하다

계획은 뜨겁게 진행 중이다 (3)
중국 장가계 원가계 십리화랑 금편계곡 만리장성

중국 장가계, 원가계, 십리화랑, 금편계곡, 만리장성, 천문산사

귀곡잔도, 유리잔도, 천문호선쇼, 황석채, 전신마사지, 천자산

보봉호, 황룡동굴, 대협곡 유람선, 대협곡 유리다리, 만리장성

78세 엄마는 후들후들 떨리는 다리로

무릉도원 장가계를 4박 5일 관광하시고

높이 솟은 봉우리에 소나무가 신비롭다고 하신다

그러면서 미국 그랜드캐니언보다 더 좋다고 극찬하신다

중국이 많이 변했다 몰라보게 달라졌다

예전에 왔을 때와 다르게 거리도 깨끗해지고

화장실 냄새도 안 나서 좋다고 말씀하시다

식당에서는 고추장 꺼내기가 바빴는데

반찬을 보니 담백하고 제대로 된 손맛이라고 하신다

엄마는 딸과 손주들에게

말소리가 높은 문화에 신경 쓰지 말고

장가계에서 신선놀음하느라 고단했으니

즉석에서 썰어주는 생삼겹살

맛있게 먹자고 하시며 흐뭇하게 웃으신다

거대한 산세는 우리의 삶을 정화해 주는 것 같다

중국에는 '사람이 태어나서 장가계에 가보지 않았다면

100세가 되어도 어찌 늙었다고 할 수가 있겠는가?'라는

속담이 있듯 장가계는 감탄 그 자체다.

계획은 뜨겁게 진행 중이다 (4)

일본 북해도 삿포로 오타루 도야 하코다테 노보리베츠 후라노
비에이

북해도 원주민 아이누 족의 땅을 여행한다

삿포로 치토세, 노보리베츠 온천 지옥계곡, 삿포로 박물관, 오
도리 공원, 시계탑

삿포로 구 북해도 청사는 붉은 벽돌 건물로 유명하다

1888년에 세워진 미국식 네오바로크 양식의 건축물이다, 전신
마사지

3대 게 요리 뷔페 (대게 털게 킹크랩) 야키니쿠 (석쇠구이) 샤
부샤부

하코다테 모토마치, 구 영국 영사관, 사이로 전망대, 도야호수
유람선, 쇼와 신산, 온천

오타루 명물 과자 거리, 오르골 박물관, 유리 공방 기타이치가
라스관, 오타루 운하

오르골은 네덜란드 사람들에게 제작 기술을 배워서 발달하게 되
었다

비에이 사계채의 언덕 약 30종의 꽃 축제

팜 도미타 라벤더 축제, 라벤더아이스크림은 부드러움
의 극치다

라벤더의 어원은 '씻다'라는 뜻의 라틴어 'Lavare'에서
유래되었다

꽃들의 천국 보랏빛 라벤더는 여름 축제가 끝나면

화장품 향수 에센셜 오일이나 비누 향에 첨가되고 아로
마 원료로 쓰인다

사진 촬영의 명소로 유명한 푸른 연못 (아오이이케)는

연못 안에 자작나무와 청푸른 빛의 호수가 신비로운데

아이폰 ios7 배경으로 사용되어 유명해졌다

비에이의 패치워크 로드는

꽃과 푸른 언덕이라는 아름다운 풍경을 자랑하는 인기 스폿
이다

수많은 언덕과 들판에 심어진 감자와 보리 옥수수와 메밀 등
의 작물이

서로 다른 색깔로 이어져 있는데

하늘에서 보면

마치 천 조각을 이어 붙인 것 같이 보인다고 해서 패치워크 길
이라고 한다

담배 광고로 유명한 마일드세븐 나무와 자작나무 가로수 길
언덕과

드라마 촬영지로 유명한 제루부의 언덕에

닛산 자동차 광고에 나오는 주인공의 이름을 딴 켄과 메리의
나무

일본 담배 세븐 스타 광고에 나오는 세븐 스타 나무는

한국 배우 소지섭이 소니 카메라 촬영으로 유명해서 소지섭 나무라고 한다

그리고 오야코 나무 (부모와 자식 나무)

파노라마 언덕의 크리스마스트리 나무가 있다

언덕을 넘을 때마다 새로운 매력을 발산하는 경관이 펼쳐진다

처음에는 나무 하나에 억지로 관광지를 만들어서 피곤하게 한다고 했는데

패치워크를 점점 지나면서 억지는 부끄러움으로 변하고

어느새 나도 모르는 사이에 순수한 자연에 몰입하게 된다

나는 사진과 영상을 다시 보아도

패치워크 로드의 스토리가 아름다워 온몸에 소름이 돋는다

북해도의 여름에는 라벤더 천국이고 겨울에는 눈의 천국이다

영화 러브 레터와 조성모 뮤직비디오 불멸의 사랑과 가시나무
새의 촬영지다

그리고 장근석 윤아 주연의 드라마 사랑비도 북해도다

깨끗한 환경과 맑은 물이 흐르고

상쾌한 공기와 친절한 사람들의 미소가 있는 북해도

살아서 숨 쉬는 자연 저마다의 향기에 매료되어

아름다운 풍경과 이색적인 건축물을 내 그림으로 담을 수 있
어 행복하다

가족 모두가 언젠가는 다시 한 번 만나고 싶은 곳으로 손꼽는
북해도.

아름다운 풍경과 이색적인 건축물을
내 그림으로 담을 수 있어 행복하다

계획은 뜨겁게 진행 중이다 (5)
베트남 다낭, 호이안, 후에, 바나힐테마파크

다낭 미케비치, 하이반 고개, 핑크 대성당 관광

비밀의 사원 (링엄사 영흥사), 전신마사지

호이안 구시가지 관광

15세기 이래 세계 무역항으로 발전해

동서양의 독특한 건축양식을 띤 곳으로

낮보다는 밤이 아름다운 관광 명소다

해가 지면 호이안 구시가지 곳곳에서

형형색색의 등불들이 켜지면서

이국적인 밤 풍경을 볼 수 있다는 가이드 말이다

물과 관계되는 목재 건물과 프랑스 식민지 건축물을 관광하고

후에의 태화전과 후에 왕궁, 후에 성, 티엔무사원 관광

카이딘왕릉, 한강 유람선과 야경을 감상한다

아침은 호텔식 점심은 현지식 저녁은 한국식을 하는데

관광 일행은 우리 가족만 있기 때문에

식사 메뉴를 가족 스타일에 맞게 조정해서

가이드 추천 메뉴로 음식의 품격을 높인다

그중에 숙주 허브 바질 고수 향채의 쌀국수는

베트남으로 우리를 다시 오게끔 이끈다

그리고 해발 1500미터 고도에 위치한 바나힐 골든브릿
지에서는

딸과 아들이 어른인 줄 알았는데 아직도 아이란 걸 알았다

휘날리는 안개 바람에 눈앞이 하나도 보이지 않아

한국 가이드와 현지 가이드가

엄마와 내게 괜찮아요? 하고 팔을 잡아주는데

딸과 아들은 거대한 손가락이 신기하고

공포 게임처럼 즐겁다고

좌우 방향으로 영상 촬영하고 카메라 셔터를 계속 누른다

예쁘다 철없는 내 새끼들

서로의 이름을 부르고 노는 것이 너무나 사랑스럽다.

서로의 이름을 부르고 노는 것이 너무나 사랑스럽다.

계획은 뜨겁게 진행 중이다 (6)
필리핀 보라카이 섬

엄마는 베트남 입국 심사에서
지문 인식이 안 되어
깊은 자괴감에 빠져 계신다
자존심이 상할 대로 상해서
자식하고 손자 손녀에게
시간만 지체하는 폐인이라고 말씀하신다

엄마는 나이 먹은 것이 자랑이냐며
84세처럼 보이지 않게 노력하신 만큼
고혈압 당뇨 고지혈증 없이 건강하시고
하루에 한 시간씩 걷기 운동과
피부 재생 관리와 글리터 젤 네일을 하신다

장거리 비행에도 멀미하지 않고
햄버거나 스파게티가 입맛에 맞고
아무래도 속이 없어서 그러는지
그것도 아니면 여행이 체질인가
사는 날까지 비행기만 탔으면 좋겠다는 엄마가

세상 구경 참 많이 했다
꽃도 별의별 꽃 다 보고
배도 가지가지로 타 보았다
티브이에 여행 상품 나오면 다 갔던 곳이더라
미국도 세 번이나 가보고
캐나다 나이아가라폭포에서 헬리콥터까지 타봤으니
이제 여행은 나 빼고 너들끼리 다니라고 말씀하신다

엄마는 희망이 있기에 지금까지 건강하시다
그래서 나는 막돼먹게 말을 한다
엄마는 비행기에서 죽어
기계에다 손가락 대는 것이
실수나 실패도 아닌데
계획하고 있는 보라카이 섬을 포기하지 말자고 한다

서유럽 북유럽 장거리 비행도 했는데
서너 시간 단거리 비행에
이유가 서러울 정도로 초라해서
차라리 비행기에서 죽으라고 한다

엄마는 외롭게 죽는 날을 기다리기보다는
새로운 여행지에서
행복해서
기뻐서
숨넘어가는 날들을 보냈으면 좋겠다고 한다

엄마는 그래 그럼 한 번만 용기 내보자
자식하고 손자 손녀 고생해도
비행기에서 죽어보자며 미소 지으신다.

엄마는 희망이 있기에 지금까지 건강하시다

보고 싶은 기억

사람으로 이루어지는 세상에서
당신의 마음이 무엇을 원하는지
어떠한 모습으로 변해 가는지
나는 언제나 바라보고 있습니다

당신의 삶이 만들어내는 의미에
마음이 아프고 지치는 것이
순간마다 고통에 절여지는데

나는 시간의 곡선을 놓치지 않고
보고 싶은 기억을 꺼내기 위해
삶이 기다리고 있는 한
지금도 아쉬움 없이 살아갑니다.

나의 어머니께 드리는 글

사람으로 이루어지는 세상에서
보고 싶은 기억을 꺼내어 봅니다.

나는 언제나 바라보고 있습니다

．

．

．

지금도 아쉬움 없이 살아갑니다.

보고 싶은 기억

배정이 제7시집

2023년 2월 8일 초판 1쇄
2023년 2월 10일 발행
지 은 이 : 배정이
펴 낸 이 : 김락호
디자인 편집 : 이은희
기 획 : 시사랑음악사랑
연 락 처 : 1899-1341
홈페이지 주소 : www.poemmusic.net
E-Mail : poemarts@hanmail.net

정가 : 13,000원
ISBN : 979-11-6284-425-0